O AMOR QUE MORA EM MIM

Flavia Camargo

O AMOR QUE MORA EM MIM

ISIS
EDITORA

Revisão de textos: Rosemarie Giudilli
Diagramação e capa: Décio Lopes

Dados de Catalogação da Publicação

Camargo, Flavia

O Amor que Mora em Mim / Flavia Camargo | 1ª edição | São Paulo, SP | Editora Isis, 2019.

ISBN: 978-85-8189-119-4

1. Poesia 2. Literatura brasileira I. Título.

EDITORA ISIS LTDA
www.editoraisis.com.br
contato@editoraisis.com.br

EDITORA AFILIADA

"Nunca, por preconceito algum, limites o amor".

Valter Hugo Mãe

DEDICATÓRIA:

Certa vez me questionei se estamos aqui para viver uma história de amor ou uma história com o amor. E então percebi que as pessoas que passam por nós são caminhos que se abrem para nos dar a chance de conhecer este sentimento.

Existir é um convite para aprender a amar. Vai além de curtir bons momentos com alguém, o que representa apenas um pequeno aspecto do que temos a realizar no mundo. Aprender a amar é isso e muito mais. É uma longa estrada que, além do prazer de ser percorrida junto de quem nos inspira, também inclui os esforços e altruísmos que constituem a conquista da capacidade de acolher.

A forma como nossos companheiros de trajeto chegam, ficam ou partem, oferece uma experiência singular e rica em descobrimentos e circunstâncias propícias a desenvolver novas aptidões, necessárias para conciliar mentes e almas. Por isso que nenhum vínculo pode dispensar os outros, assim como nenhum laço pode ser substituído.

Dedico este livro ao amor e a todos os seus portadores.

Sumário

A beleza que o coração viu

O tempo passa sem nos pedir licença,
levando o que foi e trazendo o que será...
Existe no mundo alguma força que o vença?
E guarde aquilo que o tempo não levará?

O amor tem esse poder de conservação.
Cria vínculos que não podem ser rompidos.
Quando duas almas alcançam a comunhão,
nada desmancha os laços construídos.

E assim passarão os dias, meses e anos,
enquanto o sentimento continua a renascer.
Não importa quantos séculos ou oceanos
as impeçam de se encontrar e de se ver.

Sementes viram plantas, rochas viram areia.
Mas não se apaga a beleza que o coração viu.
Sua lembrança é a felicidade que me rodeia,
que entrou na minha vida e nunca mais saiu.

A MAGIA DO AMOR

Eu já tive o costume de fugir
quando via o amor se aproximando.
Não queria deixar meu coração se abrir
para depois não acabar chorando.

Mas quando surgiu a coragem de arriscar,
aprendi que o medo não tinha razão de ser.
O amor provou que é incapaz de machucar
e só contribui para a minha alma florescer.

Amar é possuir apenas uma pretensão:
garantir que o outro sempre esteja bem.
E, assim, a força da minha própria intenção
faz a minha vida ser mais feliz também.

Para dar a quem amo tudo o que gostaria,
preciso adquirir virtudes que não tenho.
O amor revelou, então, sua grande magia,
ao me devolver o fruto do meu empenho.

Amor de verdade

Foi você chegar para eu entender
o que é amor de verdade.
Não sabia que era capaz de conter
dentro de mim tanta bondade.

Só de imaginar você errando,
me abasteço de compreensão.
E assim já estou me preparando,
se você precisar do meu perdão.

Ao supor qualquer dificuldade sua,
experimento vontade de ajudar.
O carinho faz com que eu intua
todas as formas de te confortar.

Ah, se você ao menos soubesse
como faz minha vida se expandir...
Querer te proteger me fortalece
e te levantar me impede de cair.

Aurora

Vida imprevisível, misteriosa e fascinante.
Lapida a alma humana para ser perseverante.
Seus desafios modelam e ensinam o coração
a cultivar humildade, doçura e determinação.

O céu conversa com os olhos, lhes dizendo:
"Eu estou sempre apagando e alvorecendo".
O depois vem, quando o agora chega ao fim
e o não só perdura até que reapareça o sim.

O dia morre nos braços da noite que se instala,
mas renasce no eflúvio que a alvorada exala.
Se ontem a dor machucou, amanhã melhora,
com os estímulos trazidos pela luz da aurora.

BÁLSAMO

Dentro de mim existe um lugar
onde eu e você nos abraçamos.
Onde o tempo passa devagar.
Onde nós nunca nos soltamos.

Um lugar que criei para a gente.
Para eu estar sempre contigo.
Neste lugar a paz é permanente.
Nele, eu não me sinto em perigo.

Este lugar é a minha fortaleza.
Campo em que só o bem aflora.
Fonte da minha sorte e riqueza.
Meu bálsamo para toda hora.

CAMINHANDO POR UM JARDIM

Eu não consigo mais me lembrar
de como era antes da sua chegada.
Vejo na forma do meu coração pulsar
que daquela pessoa não sobrou nada.

Mudei tanto que não posso retroceder
ao meu estado de existência anterior.
E mesmo que pudesse, não iria querer
que minha vida perdesse esse sabor.

Seu amor é o apoio onde me sustento.
Como renunciar a algo tão bom assim?
Quando você está no meu pensamento,
me sinto caminhando por um jardim.

Caminho que o tempo escreveu

A vida nos dá, mas também nos pede.
Ela exige trabalho, esforço e dedicação.
Por isso, além de cobrar, ela concede,
para conseguirmos cumprir a missão.

Apesar dos abismos que encontramos,
existem campos suavizando a travessia.
Na luta, nos ferimos e nos cansamos.
Porém, há uma força que nos auxilia.

Com ela derrubamos todas as barreiras.
Recuperamos o ânimo para continuar.
Dificuldades são breves e passageiras,
quando temos motivos para amar.

Como qualquer um, estou percorrendo
esse caminho que o tempo escreveu.
E vejo a beleza do mundo crescendo,
desde que meu coração te conheceu.

Compensação

Com certeza você me retribuiu
cada alegria que pus no seu rosto,
porque todas as vezes que você sorriu
eu experimentei o mesmo gosto.

Afinal, basta apenas eu te olhar
para a sua emoção se tornar a minha.
Te agradar significa me agradar.
Sua felicidade nunca está sozinha.

Me entrego a você sem preocupação,
pois te ver contente é meu melhor afago.
O amor é, por si mesmo, uma compensação.
Qualquer bem que eu te fiz já está pago.

Deixa eu te olhar

Deixa eu te olhar, que isso me faz tão bem!
Ter você na minha frente é um doce mergulho.
Alguns, por medo, não se abrem para ninguém.
Mas te dar meu coração é motivo de orgulho.

Deixa eu te olhar, que a sua visão me acalenta.
Onde me perco nas horas e me encontro na paz.
Quando você aparece, qualquer dor se ausenta.
Sua companhia desmancha todos os temporais.

Deixa eu te olhar, que a vida é muito passageira
para não encher o tempo de conforto e amor.
Em você descobri minha alegria mais verdadeira
e no seu sorriso achei o lugar mais acolhedor.

Detalhe

Desde que comecei a te amar,
o prazer se tornou meu acompanhante.
Ter o seu rosto para recordar
é o que faz com que eu me levante.

Não nego que também passei
a sentir falta da nossa proximidade.
É normal que sem você eu viverei
alguns momentos pela metade.

Mas esse é um detalhe de menor tamanho.
O seu abraço apenas representaria
outro bem dentre tantos que já ganho
por abrigar um sentimento que me inebria.

Se não posso te beijar, posso escolher
pelo menos uma forma de não permitir
que essa barreira me faça esquecer
a honra que foi nosso caminho se unir.

Deu certo

Um belo dia nossas vidas se cruzaram
e desse encontro nasceu uma doce emoção.
Parece que meus passos me guiaram
no caminho que percorri em sua direção.

Quando você começou a se tornar especial,
o medo surgiu, pedindo para eu te esquecer.
Mas esta foi apenas uma reação natural
de quem não queria te ganhar e te perder.

Agora vejo que não devo me preocupar
com a possibilidade da sua ausência me ferir,
pois jamais deixarei de experimentar
essa felicidade que você me faz sentir.

Ela me acompanhará em todos os instantes,
mesmo que eu não te tenha mais por perto.
Se sou alguém melhor do que eu era antes,
então é porque o nosso amor já deu certo.

Do seu lado

Quero estar do seu lado quando o céu estrelar.
Sentir com você o prazer de ver o mesmo luar.
Quero estar do seu lado ao ouvir uma canção
ou ler um livro que desperte minha admiração.

Quero estar do seu lado para deitarmos na grama
e deixar que sorrisos digam que a gente se ama.
Quero estar do seu lado para dividir a sobremesa
e todos os meus momentos de doçura e leveza.

Quero estar do seu lado na rua, no café, na praia.
Quero que você entre no meu coração e não saia.
Quero que o tempo me dê muitos anos ainda
e neles a sua presença será sempre bem-vinda.

Escolho amar

Quando eu te amava, o céu se acendia,
o sol brilhava e meu coração se aquecia.
Por onde andasse, escutava uma canção
que inundava a minha alma de satisfação.

Quando eu te amava, eu vivia sorrindo.
A ternura fazia cada momento ser lindo.
Acordar era sempre razão para agradecer.
Os meus dias eram preenchidos de prazer.

Quando eu te amava, eu era alegre e feliz.
O carinho esteve presente em tudo que fiz.
Se eu queria praticar o bem o tempo inteiro,
era por ter experimentado o bem primeiro.

Eu tinha paz, esperança, força e coragem.
Enquanto eu te amei, eu só tive vantagem.
É por tudo isso que ainda escolho amar.
Não vejo motivos para o amor terminar.

Escute meu coração

Eu preciso dizer que te amo mais uma vez.
Por favor, não se canse de ficar ouvindo.
Apesar de ser uma frase de eterna validez,
serei mais feliz enquanto a estiver repetindo.

Por isso, eu já a falei tanto e ainda vou falar.
Quando você se dispõe a ouvi-la novamente,
é muito prazer ter outra chance de te agradar,
não importa que a última tenha sido recente.

Te peço que sempre escute meu coração,
porque ele não consegue viver silenciado.
A maior alegria de um amor é a permissão
para ser assumido, exposto e demonstrado.

ESTRELA

O que mais quero é ver você ocupando
cada fração de segundo que me pertence.
Se há alguma distância nos separando,
é um obstáculo que meu coração vence.

Ele te traz para ficar comigo todo dia.
Dentro de mim não existe afastamento.
Você é como uma estrela que me guia.
E é pela sua luz que eu me oriento.

Irei te seguir o tempo inteiro que viver,
pois na sua companhia sinto muito amor.
Uma emoção que me dá força para fazer
o mundo brilhar num eterno esplendor.

Ah, que sorte alguém para me inspirar,
assim como ocorreu, quando te ganhei.
Felicidade que me leva a te contemplar.
Motivo pelo qual nunca te esquecerei.

Eu e você

Se o que você precisa é de um olhar que te veja,
serei sua espectadora a qualquer hora que seja.
Assistir você vivendo é um prazer sem igual.
Caminhar junto contigo é uma chance especial.

Se o que você precisa é de um bom descanso,
serei seu ninho, aconchegante, suave e manso.
Te acolher com os braços, o sorriso ou a voz
me faz feliz, pois transforma eu e você em nós.

Se o que você precisa é de um leve empurrão,
serei sua força, a vontade que te move à ação.
Despertarei sempre o seu desejo de realizar
o trabalho que te leva onde você quer chegar.

Se o que você precisa é de uma grande certeza,
serei a verdade que te mostra com toda clareza
a permanência de um amor sincero e elevado.
Quando quiser me achar, é só olhar para o lado.

EXTRAORDINÁRIO

O tempo passa e eu não canso de admirar
quantos recursos tenho para utilizar.
Se erro, tenho a reflexão para descobrir
uma maneira melhor de me conduzir.

Se fracasso, tenho a razão para aprender
o conhecimento que me faltou para vencer.
Ser humana é mesmo extraordinário.
Dentro de mim carrego o que é necessário
para ultrapassar qualquer problema
e transformar um obstáculo em poema.

No meu caminho não há portas abertas,
porque fui dotada das ferramentas certas
para abri-las com a minha capacidade
e experimentar a grande felicidade
que é ter o destino na própria mão.
Poder receber o mérito de cada realização.
Para agradecer, uso minha voz com firmeza.

Preciso retribuir a Deus por tanta gentileza.
Para pedir, o som da minha voz fica mudo.
Como solicitar algo a Quem já me deu tudo?
Quando eu acho que a minha vida está ruim,
lutar e me aperfeiçoar só depende mim.

Fascinação

A gente sabe que ama, quando deseja voltar
apenas um minuto depois de ter saído,
quando precisa ver a outra pessoa chegar
para o mundo se tornar mais divertido.

Nada faz a nossa vida ter tanta graça
como atingir um estado de fascinação.
Ele me invade toda vez que você passa.
Adoro ser preenchida por essa sensação.

O amor que eu tenho nunca vai se extinguir
e posso te entregar enquanto você quiser.
Alegria e afeto foram feitos para se dividir.
Eu só estarei feliz, se você também estiver.

Força para seguir

Me recuso a acreditar que o amor possa ser
a causa de qualquer tipo de sofrimento.
De uma emoção tão sublime só pode nascer
alegria, ternura e tudo que nos traz alento.

É possível que a dor também venha nos visitar,
se por acaso não possuímos a pessoa amada.
A tristeza até aparece, mas não é capaz de durar,
porque é muito maior a luz na nossa estrada.

Quem acende no coração do outro uma chama
lhe entrega ânimo e força para seguir.
E quem recebe esse presente não reclama
de nenhum obstáculo que possa surgir.

Senti-lo em meus braços? Adoraria essa chance!
Se eu dissesse que não, estaria mentindo...
Mas te amar, mesmo sem te ter ao meu alcance,
ainda é melhor do que se você nunca tivesse vindo.

Impossível te esquecer

Você passou por mim como um lampejo.
Uma luz que continua a me acompanhar.
O tempo voa e mesmo assim eu vejo
o seu brilho que jamais vai se apagar.

Depois que você esteve aqui, tudo mudou.
Não sou mais quem eu costumava ser.
Mesmo breve sua passagem me marcou.
É simplesmente impossível te esquecer.

Você chegou e foi logo me dando tchau,
revelando o valor que cada segundo tem.
Com sua partida aprendi que não há final
para o sentimento que temos por alguém.

O amor é mais forte do que se imagina.
Tem o poder de eliminar uma ausência.
Quando a gente ama, o vínculo não termina.
É ele que eterniza em mim a sua existência.

Juramento

Queria te provar que a vida é boa,
impedir que o teu coração doa,
tirar os espinhos das tuas flores,
espantar todos os teus temores.

Tivera eu o poder de te preservar,
nenhum mal deixaria te machucar.
Mas é só carinho que tenho a oferecer
e a vontade do meu afeto te prometer.

Pois quem já sentiu esse amor sabe
que nada fará com que ele acabe.
E, portanto, qualquer juramento
é livre do risco de descumprimento.

Teu sorriso é o que me completa
e ele sempre será a minha meta.
Não há mais como eu prosseguir
se o meu destino não te incluir.

Laço de Almas

Tantas vezes fizeste-me provar da magia
que constitui a natureza das coisas eternas.
Continuarei caminhando na sua companhia,
mesmo que não seja usando as pernas.

Quando lanço meu olhar para o futuro,
não consigo ver a minha vida sem você.
Se ao seu lado eu dou o sorriso mais puro,
afastar-me de ti não há como nem porquê.

O coração tem a sua própria vontade,
não depende de nada para se contentar.
Cultiva na profundeza de sua intimidade
as presenças das quais quer se cercar.

Ele vai te manter aqui, sempre unido
ao meu mais doce e afável sentimento.
Um laço de almas jamais será partido.
Para o amor não existe impedimento.

LIGADOS

Já é noite e você está comigo desde que acordei.
Para todos os lugares aonde eu fui, eu te levei.
Na sua presença, minha felicidade se pronuncia.
Por isso que a sua lembrança não se distancia.

Quero sentir nossos corações sempre ligados.
Se estamos juntos, os dias são mais iluminados.
Vem passar o seu futuro bem próximo do meu.
Quando te conheci, a beleza do mundo acendeu.

A partir desse instante, nosso destino se traçou
e nas suas mãos o meu coração se entregou.
Te ofereço um caminho cheio de ternura e paz.
A vontade de te ver sorrir não terminará jamais.

Livro da Vida

No livro da nossa vida é narrada a história
que vamos escrevendo com a nossa conduta.
Somos responsáveis pelos fracassos e vitórias
obtidos com a coragem empregada em cada luta.

Quando aprendemos a aproveitar as oportunidades,
passamos a ser os causadores da nossa própria sorte.
E descobrimos que, graças às adversidades,
alguém pode se tornar uma pessoa forte.

Sem experimentar a amargura do sofrimento,
não seria possível descobrir o imenso valor
que reside em cada minúcia de um momento
vivido com alegria, ternura, serenidade e amor.

É apenas passando por uma queda, perda ou desvio,
que se abre em nós o espaço para algo novo se alojar.
E assim entendemos que a partida que causou o vazio
também foi a que permitiu uma coisa melhor entrar.

A vida não é estática, é uma obra eterna, continuada.
Ela é permanente atividade e movimentação.
E a felicidade não está só no final de sua jornada,
mas ao longo de toda a sua interminável extensão.

Maravilhosa experiência

A nossa mente tem uma predileção
pelas horas mais doces que vivemos.
Por isso, visita com tanta repetição
as melhores memórias que nós temos.

Vai até nosso passado e traz de volta
um momento especial que nos marcou.
Prende com toda firmeza e não solta
aquele sentimento que nos confortou.

Restitui o brilho e mantém a existência
dos valores que não merecem morrer.
Proporciona a maravilhosa experiência
de permitir a felicidade se estender.

Sua lembrança é uma dessas alegrias
que eu tenho a sorte de guardar.
Minhas mãos nunca ficarão vazias,
enquanto o nosso amor me habitar.

ME DOU A VOCÊ

Te dou meu ombro para você encostar.
Te dou meus olhos para você encantar.
Te dou minha memória para você ficar.

Te dou meu ouvido para você desabafar.
Te dou minha alma para você completar.
Te dou meus sonhos para você inspirar.

Te dou minhas mãos para você puxar.
Te dou meu tempo para você ocupar.
Te dou meus passos para você guiar.

Te dou minha vida para você iluminar.
Te dou meu coração para você morar.
Me dou a você sem direito a recusar.

Mergulho

Caminhando pela praia, com os cabelos ao vento,
ela olhou pro mar e para as nuvens em movimento.
Deixou que a brisa levasse seu coração para passear
ao som das ondas que subiam e desciam sem parar.

O passeio lhe trouxe o sossego do qual ela precisava.
Junto à dança das gaivotas, sua imaginação voava.
Viajou por lugares que ela até então não conhecia.
Descobriu um mundo enorme que dentro dela existia.

Nesse mundo moram sonhos, memórias e aprendizados,
prontos para ajudar quando seus pés ficam cansados.
Foi quando ela viu que não tinha motivos para temer,
pois sempre carrega consigo a força para se reerguer.

Perdas, quedas, fracassos... são coisas normais,
como esperança e recomeço devem vir logo atrás.
Se às vezes lhe faz falta algo bom que já terminou,
num mergulho ela encontra o que o amor eternizou.

Mesmo caminho

A gente tinha a vida inteira pela frente
para se conhecer, se amar e se divertir.
Mas essa vida se abreviou de repente,
pedindo para a gente logo se despedir.

Achei que tivesse um tempo enorme
para lhe fazer os afagos que desejava.
Mas as coisas não ocorreram conforme
aquilo que idealizei, planejei e esperava.

Beijar você não é mais uma possibilidade.
Não consegui lhe dar nenhum beijo sequer.
Hoje tudo o que posso lhe dar é liberdade
para você se sentir feliz onde estiver.

Senti muita saudade do seu corpo comigo.
Achei que não voltaria a ficar de pé.
Cheguei a pensar que fosse castigo,
mas depois compreendi que não é.

Pois a morte não causou nossa separação.
Tenha certeza de que você não está sozinho.
O amor continua nos unindo pelo coração
e nele seguiremos sempre o mesmo caminho.

Meu amanhecer

Acordo para mais um dia que começou.
Contemplo a tela azul que o sol pintou.
Também sinto meu coração se acender,
pois sua presença é o meu amanhecer.

Desperto com você na minha lembrança,
onde a minha alma te busca e te alcança.
Assim como lá fora a luz fertiliza o mundo,
nosso amor torna o meu caminho fecundo.

Te levar comigo é sorte que não tem preço.
O sentimento mais bonito que eu conheço.
Passarei a eternidade tentando expressar
como foi maravilhoso a gente se encontrar.

Meu coração é sua morada

Ah, como é difícil, algumas vezes, acreditar
que eu tenho mesmo a sorte de você estar
no meu caminho, dividindo essa jornada.

O melhor que você faz por mim é dizer
que nunca haverá motivo pra gente querer
que a nossa vida não seja compartilhada.

Seu abraço espanta toda dor e toda tristeza.
Do nosso encontro só me resta a certeza
de que sou uma pessoa muito afortunada.

Ter um minuto a mais contigo é imperdível.
Por isso eu sempre farei tudo que for possível
pra você ver quanto sua presença é desejada.

Eu estou aqui para pedir que você sorria,
oferecer o meu zelo e o meu amor de cada dia
e te lembrar que meu coração é sua morada.

Meu destino

Vieste, gentilmente, realizar o meu sonho
de viver sob a luz de um céu ensolarado.
E é por isso, então, que eu te proponho
mantermos nosso laço sempre amarrado.

Quero te encontrar quando o dia começa,
quando a tarde chega e quando a noite cai.
Prometo te encher de risos, só não me peça
para que eu não siga por onde teu passo vai.

É indescritível a imensa plenitude que sinto
nas horas em que estou segurando tua mão.
Em meus olhos podes ver que eu não minto,
ao dizer que tu és meu destino, minha direção.

Meus poemas

A vontade de estar contigo é incessante.
Não há nada que a afaste ou a espante.
E quando escrevo sobre o que sinto por ti,
é como se eu te trouxesse pra vir até aqui.

Então pego papel pra fazer uma poesia.
Ela é a maneira que o meu coração cria
de te transportar para o lugar onde estou.
Cada linha é um olhar que a gente trocou.

Meus poemas servem para te revelar
que eu acabei de te ver e de desfrutar
o prazer de ter te sentido ao meu lado,
como se a gente tivesse se abraçado.

Minha atividade favorita

Ainda olho para você e me encanto
com o sentimento que me invade.
Por que será que te amo tanto?
E te quero com toda intensidade?

Procuro razão ou motivo, mas não tem.
A mente está fora desses assuntos.
É só o coração que entende, quando vem
a lembrança dos nossos momentos juntos.

Que outra resposta eu poderia dar
ao destino pela nossa aproximação?
Não tenho escolha a não ser experimentar
a felicidade que nasce da gratidão.

De que maneira a vida seria mais bonita
do que ela é por eu te conhecer?
Suspirar é a minha atividade favorita
e basta você existir para isso acontecer.

Minha única vontade

Não espero muito da vida.
Tenho tão pouco a pedir,
que numa meta preferida
todas podem se resumir.

E basta esse desejo se realizar
para os outros serem alcançados,
pois é suficiente para conquistar
os melhores resultados.

A minha única vontade
é, portanto, bem singela
e não existe necessidade
de nenhuma além dela.

O amor é minha grande aspiração.
É tudo o que me interessa obter.
Quem ama tem um tesouro no coração.
O que mais eu poderia querer?

Momento

Estou aqui, pensando em nós dois,
como tantas outras vezes já pensei.
E não me importa o que virá depois,
se nesse momento eu permanecerei.

Momento que abrange o passado,
vive no presente e segue pro futuro.
Tesouro que eu mantenho guardado
no lugar mais protegido e seguro.

Momento feliz que você me deu
e que ninguém poderá me tomar.
Refúgio que meu coração conheceu
e do qual não quer mais se afastar.

Seja lá o que o amanhã me reserva,
um momento sei que posso garantir.
A doçura que a recordação conserva
das horas em que você me fez sorrir.

MOTIVOS PARA SE DELEITAR

O mundo é um lugar tão cheio de formosuras,
onde você vai achar muitas coisas estonteantes.
Músicas, versos, flores, constelações, pinturas.
Os motivos para se deleitar são abundantes.

Eu sei que a natureza já tratou de te fornecer
graças que minha criatividade jamais superaria.
Mas é o amor quem não deixa eu me abster
de aumentar o volume do bem que te acaricia.

E assim me mantenho sempre ao seu lado,
para que me alcance, toda vez que precisar.
Quando houver dias que o céu fica nublado,
em mim pode ver o sol que não vai te faltar.

Não sei

Não sei por que você me alegra tanto
e o que é que acontece comigo enquanto
sua presença está dentro do meu coração,
fazendo a vida transbordar de satisfação.

Não sei como foi que você se transformou
no motivo pelo qual o mundo se enfeitou.
Aonde você vai o meu olhar te enlaça,
pois viver sem te admirar não tem graça.

Não sei qual a causa dessa imensa fartura
de felicidade, conforto, beleza e doçura
que brotou em mim, desde que eu te vi.
Estado mais agradável que já conheci.

Acordo cada manhã querendo te presentear.
Diante de tudo o que tenho para te ofertar,
ainda é muito pouco o carinho que te dei.
Essa, meu amor, é a única coisa que eu sei.

No fundo da alma

Fecho meus olhos para poder te ver,
fico calada para poder te falar,
fico quieta para poder me mover
no caminho que me leva a te encontrar.

Apenas dentro de mim eu te tenho.
Apenas em pensamento eu te abraço.
Por isso é que sempre aqui eu venho
no fundo da alma buscar nosso laço.

Graças a você ganhei esta habilidade
de inverter as funções dos meus sentidos.
Na dor sinto gosto de felicidade.
Do silêncio, faço música a meus ouvidos.

O nosso amor é meu maior presente.
É ele que me protege da solidão.
Com ele pouco passa a ser suficiente.
Para sorrir me basta a sua recordação.

Sonhar com você me agrada e me revigora.
Não imaginei que podia amar tanto assim.
Aprendi que a vida é mais que o agora,
pois quando se ama o tempo nunca tem fim.

Nobre missão

Flores são espécies encantadoras.
E também são as gentis portadoras
de uma importante revelação.
Ao observar seu comportamento,
experimentamos deslumbramento,
reverência e admiração.

Pois, apesar de sua fragilidade,
elas se abrem com generosidade,
enfrentando os riscos da exposição.
Não se ofendem, se ninguém olhar.
Continuam a colorir e perfumar,
cumprindo sua nobre missão.

Elas esperam até serem notadas.
Não ostentam, porque são delicadas
e é na sutileza que chamam atenção.
As flores só querem se oferecer!
Com elas, temos muito a aprender
sobre amor, coragem e doação.

NOITE SILENCIOSA

Sentada, olhando as estrelas, ela se lembrou
de um instante feliz que a vida lhe proporcionou.
Como honrar aquela lembrança tão preciosa?
A noite, mansa e serena, manteve-se silenciosa.

A resposta que buscava viria de outro lugar.
O universo se calou, então, para ela escutar
a voz que dentro de si mesma iria surgir,
ensinando sobre a melhor forma de agir.

“Se você deseja merecer o bem que recebeu,
use a gratidão para que ele seja sempre seu.
A alegria não abandona o coração humano.
O nosso esquecimento é que nos causa dano.”

Sentiu a responsabilidade que tinha na mão.
Só dependia dela garantir sua própria proteção.
Ela viu que, se recordasse as suas horas de paz,
as horas de luta nunca seriam pesadas demais.

Nos meus braços

Me faço teu pouso, tua casa, tua moradia,
que é para te dar um canto de calmaria.
Onde nunca te falte amor para revigorar.
Venhas a mim quando a vida te apertar.

Porque aqui há um mundo de amenidade
pronto para dissipar toda a tua ansiedade.
Nos meus braços receberás acolhimento.
Eles vão te afastar de qualquer tormento.

Para mim é muito fácil fazer promessas
tão grandiosas e delicadas como essas.
Aquilo que te ofereço não me custa nada.
Te fazendo bem, sou a maior beneficiada.

Nossa História

Um dia depois do outro, o tempo passa.
Vivências se avolumam na memória.
Cada segundo que chega, o coração abraça
e com eles vai construindo nossa história.

A duração cresce enquanto as horas correm,
mas a beleza está nos momentos que paralisam.
Que motivos para ficar junto sempre nos sobrem!
É de você que meu presente e futuro precisam.

Demore-se por aqui, meu amor. Nunca se vá...
Prometo tornar a sua estadia gratificante.
Felicidade maior que você ao meu lado não há.
Por isso eu te quero comigo a todo instante.

Nossa razão de existir

O amor verdadeiro nunca faz sofrer.
É a expressão mais nobre da sensibilidade
e por isso seria incapaz de promover
qualquer desconforto ou enfermidade.

Quando se padece de alguma dor
pela ausência física do ser desejado,
constituiria um sério erro supor
que nesse caso o amor seja o culpado.

O amor é sublime e tem como objetivo
despertar na alma o propósito de bem.
Não se confunde com o impulso instintivo
que cria a pretensão de ter a posse de alguém.

Conhecer a real acepção do que seja amar
é experimentar dentro do coração
a vontade pura e sincera de se entregar,
sem impor em troca nenhuma condição.

O amor não julga, não cobra, não engana.
Ele suaviza, protege, liberta e confia.
Essência divina presente na espécie humana.
Fonte de paz, compreensão e alegria.

Amar é querer a felicidade de uma pessoa.
É o estado mais elevado que se pode atingir.
Não há outro motivo que torne a vida tão boa,
nem justifique mais a nossa razão de existir.

Nosso encontro

Em silêncio, o meu olhar fala com o teu.
Te conta da felicidade que é te observar.
Foi nele que o meu coração te escreveu
a mensagem mais clara de se escutar.

Não existe comunicação mais perfeita
do que um rosto que o amor iluminou.
Quando te vejo, a minha face se enfeita.
Revela que nosso encontro me encantou.

Lembra dos momentos que desfrutamos
o prazer dos nossos olhos em sintonia?
Cada lugar por onde eu e você passamos
é uma memória que minha alma aprecia.

Te convido a trazer de volta a recordação
de como eu me derreto, ao te ver surgir.
Você é um tesouro no meio da multidão.
E isso meus olhos são incapazes de omitir.

Nossos sorrisos

Hoje perdi as contas de quantas vezes pensei
na minha mão segurando carinhosamente a sua.
Também não dá para dizer o quanto eu desejei
os nossos sorrisos caminhando juntos na rua.

Só posso viver desse jeito, sempre imaginando
que estamos ao lado um do outro sem parar.
É natural para qualquer coração ficar tentando
se sentir cercado daquilo que o faz se alegrar.

Os momentos que você me deu estão mantidos
num lugar da memória onde a luz não se apaga.
E ver esses doces momentos serem repetidos
é a felicidade que espero que o futuro nos traga.

Novo laço

Meu coração estava cheio!
Abrigava tantos sentimentos,
que pensei não ter mais espaço.
Porém, um dia você veio
e me deu argumentos
para criar um novo laço.

Eu me sentia completa
e não precisava de outro amor
em minha vida já feliz.
Mas uma emoção discreta,
com a beleza de uma flor,
se aproxima e me diz:

"Você não estava me esperando,
mas eu vim para lhe mostrar
que o coração é capaz de crescer".
E assim então foi quando
descobri que em mim existe lugar
para você também caber.

O AMOR É INEVITÁVEL

Amar é receber um presente.
Estado de alma encantador.
Doce emoção que se sente,
trazendo uma força superior.

Pois, amando, achamos a saída
para todos os tipos de situação,
o remédio de qualquer ferida,
resistência, ânimo e motivação.

Amar faz a pureza se desenvolver.
Confere a ternura para se adaptar.
A gente pode suspirar sem ver.
A gente pode sorrir sem tocar.

Quem ama vira uma fonte de bem.
Quer deixar o outro confortável.
Maior tesouro que a vida contém.
Por tudo isso, o amor é inevitável.

O AMOR QUE MORA EM MIM

É para você o primeiro pensamento do dia.
É para você que me entrego com alegria.
É para você a luz que meu coração irradia.

É para você que cada verso meu é escrito.
É para você que dou o sorriso mais bonito.
É para você toda doçura que transmito.

É para você que conto as novidades.
É para você que confesso as verdades.
É para você que corro nas dificuldades.

É para você o futuro que vier pela frente.
É para você que quero viver eternamente.
É para você que me ofereço de presente.

É para você as flores do meu jardim.
É para você que eu sempre digo sim.
É para você o amor que mora em mim.

O AMOR VAI ALÉM

Por algum tempo pensei que amar
fosse a vontade de ter alguém.
Mas viver sem poder te alcançar
me ensinou que o amor vai além.

Não me preocupa tanto receber
algo em troca pelo que entrego.
Tenho muitas razões para agradecer
só pelo sentimento que carrego!

Que importa se não nos tocamos?
Esse obstáculo pode ser vencido.
Já sou feliz porque nos encontramos
e por meu coração estar preenchido.

Se um dia acreditei que era ganhando
que a minha vida valeria a pena,
agora eu sei que é me doando
que sou uma pessoa mais plena.

O LUGAR MAIS LINDO

Com você eu visitei o céu,
viajei pela imensidão do infinito.
E agora tento colocar no papel
algo que não pode ser descrito.

Como seria possível definir
o lugar mais lindo em que já fui?
Não há palavras para traduzir
toda a beleza que ele possui.

Tanta felicidade experimento,
quando estou andando por lá!
A cada hora eu me alimento
da paz que o nosso amor me dá.

Para encontrar o conforto perdido,
seu sorriso é a minha senha.
Já não vejo mais qualquer sentido
numa vida que não te contenha.

O MELHOR DE MIM

Não imagine que o fato de eu te amar
faça de você uma pessoa privilegiada.
É meu coração que não para de suspirar
e minha vida que está sempre iluminada.

Se te ofereço todo dia o melhor de mim,
é porque algo seu também me encantou.
Eu posso até te deixar alegre, mas no fim
a visão do seu sorriso fui eu quem ganhou.

O instante em que meu carinho te conforta
é um reflexo do bem que estou carregando.
O amor aquece, acende a luz, abre a porta.
Te dou felicidade por estar me sobrando.

Então, quando falo que eu amo você,
apenas expresso quanta sorte possuo.
Não importa a satisfação que isso te dê,
certamente sou eu que mais usufruo.

O QUE SIGNIFICA GANHAR

Ela queria morar num mundo encantado
onde a ternura se derrama por todo lado.
Viver uma emoção que transcende os sentidos.
E, assim que ele chegou, atendeu seus pedidos.

Quando a existência dele fez o olho brilhar,
ela descobriu, então, o que significa ganhar.
Foi nesse instante que ela soube que venceu.
Cada prazer que ele tivesse, também seria seu.

Ele é jardim, canção, poesia, obra de arte,
razão que ela tem para ver luz em toda parte.
Ela tenta não se assustar e se manter serena,
pois esse amor é tão grande e ela, tão pequena.

Uma força que excede a sua, mas não oprime.
Pelo contrário, torna o caminho mais sublime.
Sentimento que, depois de nascer, não se finda.
Motivo pelo qual sua vida sempre será linda!

O SOL E A TEMPESTADE

Viver é um constante convite ao aprendizado.
O mundo nos traz a cada dia uma surpresa.
E na hora que ele apresenta algo indesejado
resta descobrir os benefícios da tristeza.

Pode parecer impossível extrair proveito
de um acontecimento que nos faz sofrer.
Queremos que todo segundo seja perfeito
e que nosso coração nunca venha a doer.

Mas não conseguimos alcançar a sabedoria
sem experimentar o sol e a tempestade,
pois é só assim que se revela a poesia
de ser mais forte do que uma dificuldade.

A partir desse momento passamos a aceitar
que pedras no caminho sempre vão existir.
São obstáculos que precisamos contornar
e não constituem motivos para desistir.

A felicidade é um desejo que todo mundo tem.
Há vezes em que ela desaparece de repente.
Mas reconstruí-la não está vedado a ninguém.
É uma decisão que só depende da gente.

Obrigada

Obrigada por me fazer conhecer o amor.
Por ser um alento tão doce e inspirador.
Obrigada por transformar a minha vida.
Por me dar uma felicidade sem medida.

Obrigada por ter me permitido enxergar
a poesia que faz o coração se encantar.
Obrigada pela oportunidade de sentir
o desejo de defender, cuidar e servir.

Obrigada pela experiência de ser a dona
de toda a ternura que o bem proporciona.
Agradeço por cada verso que você já leu,
porque te agradar é um privilégio meu.

Onde minha felicidade mora

Nem em sonhos consegui encontrar
um abraço tão doce quanto o seu.
Mesmo se quisesse, não poderia inventar
um sentimento como o que você me deu.

Que mágica é essa que há na sua voz,
para me inundar de serenidade?
Pensar em você é a forma mais veloz
de viver um momento que me agrade.

Do seu sorriso sai a luz que me fascina.
Quando ele se abre, toda dor evapora.
Esse amor me encanta e me ensina
que você é onde minha felicidade mora.

Os sonhos que sobraram

Ela chorou e sentiu a dor que vinha da alma.
As lágrimas, lavando o rosto, trouxeram calma.
Ficou mais leve depois que os olhos esvaziaram.
Levantou-se para viver os sonhos que sobraram.

Enquanto chorava, notou que tinha um coração,
pois era ele que produzia toda aquela emoção.
Percebeu que só chora quem é capaz de sorrir.
Então, agradeceu por poder se alegrar e se ferir.

O caminho não seria do jeito que ela desejou.
O pranto é a chuva de um céu que se fechou.
Mas o sol volta a abrir após passar o temporal.
Ela também renasceu, pois não era o seu final.

A felicidade pretendida lhe escapou pelos dedos.
Chorar foi o recurso para dissolver seus medos.
Viu que atrás deles existe outro chão para pisar.
Um novo terreno onde ela pode voltar a semear.

Paisagem

Antes de ti, eu achava a vida perfeita.
Mas não sabia tudo que ela podia ser.
Hoje, você é onde a minha alma deita
cheia de motivos para se embevecer.

Encanto muito maior o mundo me exibiu,
quando viraste paisagem pro meu olhar.
De repente, tudo em volta então floriu.
Cada passo é razão para me deslumbrar.

Receber um presente assim é exceção.
Devo-te tantos sorrisos que tenho dado.
Mas pagar por eles não é uma obrigação.
É um prazer dedicar-me ao seu agrado.

Paraíso

Que encanto carrega o seu sorriso
para me transmitir tanta ternura
e fazer meu coração transbordar?

Parece que ele me manda um aviso
de que sua alma é a mais pura
que até hoje consegui encontrar.

Já não sei em que chão piso
e nem quanto o tempo dura
enquanto observo o seu olhar.

Sua lembrança é só o que preciso
para ascender qualquer noite escura
que eu possa vir a atravessar.

Seu amor me leva ao paraíso,
pois com ele toda dor se cura
e viver se transforma em sonhar.

Pensar em você

Nosso amor às vezes não me deixa dormir.
Pois ele me faz ficar sonhando acordada.
Te imagino chegar, me abraçar e sorrir.
Pra pensar em você não tem hora errada.

A todo momento gosto de te trazer para perto.
Tempo de estar contigo nunca é o bastante.
Para você meu coração sempre está aberto.
Minha vontade de te encontrar é constante.

Não há mistério. É muito fácil de entender.
Você é a luz que me encanta e me conforta.
Por isso eu só posso te recordar e te querer.
Te tenho dentro de mim e nada mais importa.

Perfeição

Quando quero me encantar, eu te procuro
porque o seu rosto é a minha visão da luz.
A sua lembrança é onde eu me penduro.
E a minha felicidade foi em ti que eu pus.

Eu vejo a pureza te cobrir por completo.
E a doçura é o conteúdo que te recheia.
A sua companhia é o meu prazer predileto.
É ao seu redor que meu coração passeia.

Na sua presença eu me derreto e paraliso.
Não sei se os seus olhos são céu ou mar.
Eu só sei que, para mim, o seu sorriso
é onde a perfeição resolveu se instalar.

Permanecer andando

Você é quem eu chamo para conversar
e encontro o apoio que estava procurando.
Você é onde eu me recosto para descansar
e recupero a força para permanecer andando.

Você é o que deixa meu mundo radiante,
repleto de paz, ternura e luminosidade.
Você é quando eu me sinto mais confiante
de que um futuro melhor pode ser realidade.

Você é o porquê de cada poema meu
falar só de amor, serenidade e valentia.
Você é como a vida me preencheu
da mais pura, leve e agradável energia.

Plenitude

Amar não é fácil, mas é recompensador.
Vale cada trabalho que precisamos fazer.
Em alguns momentos vai nos causar dor,
mas isso é porque só desejamos receber.

Quando passamos a apreciar a oferta,
entramos num terreno mais gracioso.
Uma porta que sempre esteve aberta
para nos revelar um segredo grandioso:

Aquele que se entrega não está perdendo.
Na verdade, ganha em cultivar uma virtude.
É uma pessoa que vive se enriquecendo
e pode se doar, pois alcançou a plenitude.

Presente

Tenho tanto a agradecer pela nossa união.
Nem dá para calcular o valor do presente
que o destino depositou em minha mão,
quando vi no seu olhar esse brilho diferente.

Luz encantadora que me levou a perceber
sentimentos maiores do que eu suspeitava.
Quanta felicidade encontrei, ao exceder
as medidas que o meu coração abarcava.

Força inspiradora que não quero viver sem.
Na hora dos desafios ela sempre me levantará.
De uma coisa não existem dúvidas, meu bem:
onde quer que eu esteja, você também estará.

Privilégio

Que privilégio o destino decidiu me outorgar.
Dentre tantos olhos que vagueiam por aí,
os meus receberam a chance de te admirar.
No instante que eles te acharam eu me rendi.

Não há tempo quando estou te observando.
Não há lugar onde meu coração toca o seu.
No infinito nossas memórias estão morando.
E dentro um do outro a gente se estabeleceu.

Meus sorrisos te emitem a palavra mais pura.
Minha boca te fala de amor, mesmo calada.
Passar todos os dias contigo me deixa segura
de que a minha vida está sendo aproveitada.

PROMESSA

Mais um ano passou e outro começa.
A última etapa foi concluída
e muitas ainda vêm pela frente.

Esta é a hora de fazer a promessa
de aceitar os próximos desafios da vida
com postura serena, firme e valente.

Há trechos que a gente atravessa
nos quais a marcha fica detida
por um obstáculo ou acidente.

Mas logo depois que a gente tropeça,
a chance de se levantar é oferecida,
para construir os sonhos novamente.

Não há motivo que nos impeça
de contornar qualquer ferida
ou problema que se apresente.

Voltando a caminhar sem pressa,
recuperamos a alegria perdida
com a certeza de que será diferente.

Não é só o triunfo que nos interessa.
A dor também merece ser agradecida,
pois a adversidade é uma grande docente.

Prossigo

A vida é feita de dias bons e dias ruins,
alguns trechos são claros e outros escuros.
Mas ter pessoas com quem somos afins
ajuda a avançar nos momentos mais duros.

Às vezes é difícil dar um passo adiante
e experimentamos a dor da fragilidade.
Nessas horas se torna muito importante
alguém que nos trate com suavidade.

Sou feliz de contar com a sua proteção.
Ela me dá coragem e assim eu prossigo.
Se posso andar pelo mundo sem aflição
é porque eu tenho você como amigo.

Quem sou eu

Pelo mundo costumo encontrar
o que durou e o que pereceu.
Entre ambos continuo a caminhar,
procurando entender quem sou eu.

À minha volta há o efêmero e o eterno
coexistindo, para que eu possa descobrir
que assim também é composto meu interno,
de coisas que vão ficar e que vão partir.

O mar mantém sua constante presença,
embora não tenha duas ondas iguais.
Olho para o céu e não vejo diferença.
Nuvens passam, sem acabarem jamais.

A natureza está sempre em atividade,
dando-me um exemplo de renovação.
Como sua filha, tenho a mesma qualidade.
Sou alguém que está em construção.

Tudo que me cerca é um espelho que reflete
o mesmo mecanismo que opera na minha vida.
O tempo vai embora e nunca se repete,
mas é permanente a lição que foi aprendida.

Reflexo

Para você entrego meu olhar mais doce,
pois ele é reflexo do bem que você me faz.
A felicidade é maior do que imaginei que fosse
e ao seu lado está sempre crescendo mais.

Quando chega a hora de dormir,
escuto meu coração e ele te chama.
Não pode deitar sem se despedir.
Precisa dizer o quanto te ama.

Já é parte inseparável de mim querer
que seu sorriso seja meu companheiro.
Portanto, não se assuste se eu te oferecer
motivos para sorrir o tempo inteiro.

Reluzir

É impossível disfarçar, é impossível esconder.
Basta você me olhar para então se convencer
de que sua existência faz meu mundo reluzir.
Seu sorriso é a luz que eu sempre vou seguir.

Onde seus passos te levam, lá também estou.
Você pode notar que meu coração não deixou
de se colocar ao seu dispor a todo instante.
Te amei ontem e te amarei de hoje em diante.

Às vezes eu não durmo, pensando na alegria
que eu tive quando descobri que você reunia
mais encantos do que eu era capaz de sonhar
que alguma pessoa poderia me proporcionar.

Retribuição

De você vem a força que me conduz!
Será que eu também te dou tanta luz?
Não é vaidade, nem mesmo presunção.
É o meu profundo desejo de retribuição.

Quanta beleza no caminho em que ando,
só existe por você estar me inspirando.
Assim, eu não poderia ter outro anseio
que não fosse ver o seu coração cheio.

E para garantir então que isso aconteça,
cuido de fazer com que o amor prevaleça
em todos os instantes que nós vivemos.
Juntos prometo que sempre estaremos.

Quando tenho uma alegria, eu te dedico.
E com cada sorriso seu mais feliz eu fico.
Se precisar de apoio, já sabe onde achar.
Sou o colo que você nem precisa chamar.

Riqueza

O seu rosto e os meus olhos ficam conversando
numa linguagem que a razão não pode traduzir.
Mas a sensibilidade sabe que coração flutuando
é uma mensagem impossível de se confundir.

Significa que um grande sonho se concretizou.
Alguém reúne toda a riqueza que se admira.
O encanto é maior do que jamais se imaginou.
A vida proveu muito além daquilo que se pedira.

Só me resta mergulhar nessa emoção imensa
e absorver cada gota do bem que ela me dá.
Você é o lugar onde a perfeição se condensa.
Oásis no qual minha felicidade se perpetuará.

SAUDADE

Você é minha grande inspiração
para enxergar mais beleza no mundo,
acreditar que tudo pode ter solução
e querer sorrir a cada segundo.

Achei que você iria gostar de saber
que meu caminho agora é muito melhor,
pois seu amor me dá força para viver
e aumenta o bem que está ao meu redor.

Estar com você me fez experimentar
um sentimento que eu ainda não conhecia.
Faltam palavras para conseguir explicar
o prazer que me dá a sua companhia.

Dividida entre a alegria e a saudade,
te levo comigo a todo lugar que vou.
Hoje, amanhã e por toda a eternidade
você sempre será parte de quem eu sou.

Se eu tiver você

Se eu tiver você, os dias serão coloridos,
desenhados com os meus tons preferidos.
Se eu tiver você, meu coração vai carregar
muitos motivos para sorrir e se acalmar.

Se eu tiver você, a beleza será constante,
a luz será intensa e a alegria será gigante.
Se eu tiver você, viver será ganhar e fruir.
Para sonhar, eu não vou precisar dormir.

Se eu tiver você, meu caminho será pleno.
Meu mundo ficará leve, tranquilo e sereno.
Se eu tiver você, não haverá nada a temer,
pois, ao seu lado, sinto a dor desaparecer.

Se você deixar

Se você deixar, eu alegro todos os seus dias.
Te trago palavras doces nas noites sombrias.
Seguro suas mãos, quando o cansaço bater.
Me transformo em farol, se seu céu escurecer.

Se você deixar, eu planto flores no seu quintal.
Espalho beijos e abraços para te afastar do mal.
Invento mil maneiras diferentes de te transmitir
a certeza de que o meu amor nunca vai fugir.

Se você deixar, eu vivo para te dar confiança.
Te apoio pelo caminho, enquanto você avança.
E se você não deixar, faço tudo do mesmo jeito.
Para o meu coração, meu pedido já foi aceito.

Segredo

Todos as manhãs o Sol vem me acordar,
trazendo a luz que me permite enxergar.
Tudo à minha volta se torna encantador,
enquanto recebo seu brilho e seu calor.

Vejo as nuvens em suas longas viagens,
dançando pelo céu e enfeitando as paisagens,
as flores e os pássaros que adornam a natureza,
o mar e as montanhas com sua mágica beleza.

E assim, não quero deixar o Sol partir,
achando que sem ele toda graça vai sumir.
Mas quando ele finalmente vai embora,
outra cena fascinante aparece sem demora.

As estrelas surgem de forma reluzente,
oferecendo-me um maravilhoso presente.
A noite, então, me revela um segredo.
Com ela aprendo a não sentir mais medo.

Sempre existirá motivo de contemplação,
seja na claridade ou seja na escuridão.
O espetáculo continua depois que acaba o dia,
pois o mundo é uma fonte inesgotável de alegria.

Sempre comigo

Cada vez que amanhece, os passarinhos,
sob o brilho do sol, saem de seus ninhos,
à procura de alimento, calor e inspiração
para cantar e voar, explorando a imensidão.

Os rios descem as montanhas, rumo ao mar.
As árvores anseiam a luz, para respirar.
Tudo na natureza busca aquilo que é seu fim.
Por isso, pensar em você é tão vital para mim.

Não sou diferente de nenhum outro ser.
Se te levo sempre comigo, é para atender
a mais bela, essencial e doce exigência:
sentir a felicidade que justifica a existência.

Sua presença em minha alma me enriquece.
Você é a graça que meu coração não esquece.
Eu caminhar pelo mundo, sem esse amor,
seria como uma abelha viver longe da flor.

Sempre ensinando

A natureza está sempre ensinando
àqueles que se dispõem a observar
os exemplos que ela vive nos dando
sobre a forma correta de amar.

Com o sol aprendemos a grande lição
de que nossa luz precisa ser espalhada,
pois assim podemos tirar da escuridão
uma vida que se encontra apagada.

A chuva também tem muito a contribuir
para desenvolvemos o dom da brandura.
Derramar-se é sua maneira de nutrir
uma região castigada pela secura.

O ar, por sua vez, manifesta o valor
de ser generoso, humilde e transparente.
Não cobra para estar ao nosso dispor
de forma farta, sutil e permanente.

Sentidos do coração

Há no mundo um grande poder
que não costuma ser muito notado,
pois às vezes não conseguimos ver
aquilo que está bem do nosso lado.

Precisamos olhar de uma forma diferente,
para então conhecer outra realidade
que permanecia para nós inexistente,
até ser descoberta pela sensibilidade.

Só treinando os sentidos do coração
percebemos o que é importante
e passamos a ter uma nova visão
que permite enxergar mais distante.

É assim que o poder do amor
se revela ao nosso entendimento,
mostrando que nada tem mais valor
do que este nobre sentimento.

Uma emoção capaz de curar,
proteger, confortar, colorir.
E com o simples ato de lembrar
nos concede o dom de sorrir.

Sorte

A gente chama de sorte quando aquela pessoa
que desejamos por perto igualmente nos deseja.
Uma está sempre junto da outra, mas não enjoa.
Quando os olhos se cruzam, o coração festeja.

É maravilhoso desfrutar tanto tempo ao seu lado.
Saber que sou quem você escolheu pra compartilhar
cada momento do presente, do futuro e do passado.
Também é você que escolho pra vida que me restar.

Não há privilégio maior que encontrar em alguém
a raridade da conexão, do amor e da sincronia.
É a minha felicidade que chega, quando você vem.
Que mais posso querer, se tenho sua companhia?

Te escolhi

O vento faz o galho se mexer e balançar.
Mas com amor, a gente vê a árvore dançar.
A grama reveste a terra e cobre o chão.
O amor desenha quadros na vegetação.

O mundo tem preciosidades espalhadas
em silêncios, cores, curvas e madrugadas.
Porém, não é com os olhos que as notamos.
Elas só se revelam, quando nós amamos.

A vida ficou linda, adorável, deslumbrante,
desde o dia em que o nosso amor nasceu.
Tudo virou motivo para que eu me encante,
porque eu te escolhi e você me escolheu.

Tesouro

Amor é tesouro de valor inestimado.
Emoção que faz a nossa vida reluzir.
Sentimento que não pode ser comprado
e nenhum outro é capaz de substituir.

Quem ama sabe que tem uma fortuna.
Experimenta o prazer de se encantar.
Vê a beleza preencher qualquer lacuna,
fazendo todo espaço vazio se ocupar.

Você é o responsável por eu ser tão rica.
Quando te conheci, o mundo resplandeceu.
Ao seu lado é onde a felicidade se multiplica.
O que posso fazer, se meu coração te escolheu?

Transbordar

Você não me deixou alternativa,
a não ser ver o coração transbordar.
E agora, enquanto eu estiver viva,
carregarei a vontade de te abraçar.

Sempre penso no que posso fazer
para a distância não me impedir
de aproveitar o privilégio que é ver
seus olhos fazerem o sol se abrir!

É um desafio você longe de mim,
mas em pensamento estamos unidos.
Você não me toca e mesmo assim
me ilumina em todos os sentidos.

Gosto dessa emoção que me envolve,
seja lá a dificuldade que houver.
Com sua lembrança tudo se dissolve.
Só quero te amar como eu puder.

Tudo é relativo

Você pode se lamentar por ter errado,
mas também pode ficar feliz ao observar
que, sem o seu erro, não teria encontrado
o caminho para chegar a um novo lugar.

Você pode detestar a ideia de perder o que tem,
por pensar que toda perda gera prejuízo e aflição.
Mas não se esqueça de que a verdade só vem
para aquelas pessoas que perderam a ilusão.

Nesse mundo em que vivemos tudo é relativo,
nem sempre as coisas são o que parecem ser.
Tudo tem um lado negativo e um lado positivo
e você é quem escolhe de qual lado vai viver.

Tudo que eu sempre quis

Eu queria que você soubesse que não existe
motivo para o meu sorriso estar longe do seu.
Toda vez que eu souber que você ficou triste,
tratei o conforto para suavizar o que te doeu.

Eu queria que você soubesse que nesta vida
a sua lembrança vai preencher cada pedaço,
porque é assim que eu me sinto fortalecida
e afasto qualquer medo, vazio ou cansaço.

Eu queria que você soubesse que meu amor
é completamente destinado a te fazer feliz.
As suas alegrias se revertem em meu favor.
Desejar tanto bem é tudo que eu sempre quis.

Uma vez

Na nossa vida, existe uma vez
que aparece alguém para enfeitar.
E o que era opaco ganha nitidez.
O que faltava, começa a sobrar.

Essa pessoa traz com ela a cor,
o som, a beleza, o perfume...
Depois dela, a paz e o amor
passam a ter muito mais volume.

Sua chegada muda completamente
nossa forma de experimentar os dias.
A felicidade se torna algo frequente.
Nossos olhos só enxergam poesias.

Não está sob controle escolher
onde e como encontraremos
aquele que virá para enriquecer
o mundo que nós conhecemos.

Mas somos capazes de distinguir
o instante em que a sorte chegou.
Foi quando você me fez sentir
que o meu coração transbordou.

Vem aqui

Vem aqui, meu amor. Esquece o resto.
Acomode-se no meu colo de mansinho.
Em cada olhar que te dou e em cada gesto
encontrarás unicamente ternura e carinho.

Deixa eu ser o porto onde tua alma ancora.
Entregue as tuas dores todas para mim,
que meus abraços farão elas irem embora.
Ao meu lado tuas tristezas acabarão enfim.

Nunca hesite em usar o que te disponho.
Te devolvo o sorriso que teu rosto perdeu.
Te agradar é um poema que eu componho.
Se estás feliz, meu prazer é maior que o teu.

Vínculo

Beleza é algo que não cabe questionar.
A gente simplesmente olha e emudece.
Força contra a qual não dá para lutar.
Lugar onde o amor brota e permanece.

Cogitar um coração que ignore o belo
é como supor uma nuvem que não voa,
um rei que não tem trono nem castelo,
uma existência que transcorre à toa.

Quem já sentiu o encanto lhe envolver
entende a inoperância de tentar resistir
ao fascínio que faz a vida se enternecer,
o bem se multiplicar e o mal se reduzir.

O vínculo entre a alma e a graciosidade
é resultado natural, se produz sem opção.
E foi assim, com inocência e simplicidade,
que eu achei em você a minha inspiração.

Visível

Que poder é esse que você tem de me exibir
um lado da vida que costuma se encobrir?
E que só se revela quando a alma cresce,
o olhar acende e o coração se aquece.

Seu efeito sobre mim é uma coisa tão rara.
Torna a beleza do mundo muito mais clara.
Deixa a magia visível, palpável e evidente.
Enlevo ao qual é impossível ser indiferente.

Quando te vejo sorrir, eu também sorrio.
Te entrego do meu calor para tirar o seu frio.
Percebo que o amor se doa sem se desfalcar.
Oferecer um bem não o diminui, o faz dobrar.